Ganador de la Medalla Caldecott
al mejor libro ilustrado del año

DONDE VIVEN LOS MONSTRUOS

DONDE VIVEN LOS MONSTRUOS

TEXTO E ILUSTRACIONES DE MAURICE SENDAK

Traducción de Teresa Mlawer

HarperTrophy
A Division of HarperCollins*Publishers*

La noche que Max se puso un traje de lobo y comenzó a hacer una travesura

tras otra

su mamá le dijo: "¡ERES UN MONSTRUO!"
y Max le contestó: "¡TE VOY A COMER!"
y lo mandaron a la cama sin cenar.

Esa noche en la habitación de Max nació un bosque

y el bosque creció

y creció hasta que el techo se cubrió de enredaderas
y las paredes se transformaron en el mundo a su alrededor

y de repente apareció un océano y Max navegando en su bote
y navegó día y noche

durante varias semanas
y casi más de un año
hacia donde viven los monstruos.

**Y cuando llegó al lugar donde viven los monstruos
éstos emitieron unos horribles rugidos y crujieron sus afilados dientes**

y lo miraron con ojos centelleantes y le mostraron sus terribles garras

hasta que Max dijo: "¡QUIETOS!"
y los domó con el truco mágico

de mirarlos fijamente a los ojos sin pestañear y se asustaron tanto
que dijeron que él era el monstruo más monstruo de todos

y lo nombraron rey de todos los monstruos.

"Y ahora", gritó Max, "¡que comiencen los festejos!"

"¡Basta ya!" gritó Max y ordenó a los monstruos que se fueran a la cama
sin cenar. Y Max el rey de todos los monstruos se sintió solo y deseó
estar en un lugar donde hubiera alguien que lo quisiera más que a nadie.

**De repente desde el otro lado del mundo
le llegó un rico olor a comida
y renunció a ser rey del lugar donde viven los monstruos.**

Pero los monstruos gritaron: "¡Por favor no te vayas—
te comeremos—en verdad te queremos!"
A lo cual Max respondió: "¡NO!"

Los monstruos emitieron unos horribles rugidos y crujieron sus afilados dientes y lo miraron con ojos centelleantes y le mostraron sus terribles garras pero Max subió a su bote y se despidió de ellos

y navegó de regreso casi más de un año
por varias semanas
y durante todo un día

hasta llegar a la noche de su propia habitación
donde encontró su cena

que aún estaba caliente.

Harper Arco Iris

La colección Harper Arco Iris ofrece una selección de los títulos más populares de nuestro catálogo. Cada título ha sido cuidadosamente traducido al español para retener no sólo el significado y estilo del texto original, sino la belleza del lenguaje. Otros títulos de la colección Harper Arco Iris son:

Amelia Bedelia/Parish • Siebel/Thomas

¡Aquí viene el que se poncha!/Kessler

Un árbol es hermoso/Udry • Simont

Buenas noches, Luna/Brown • Hurd

Cómo crece una semilla/Jordan • Krupinski

El conejito andarín/Brown • Hurd

Un día feliz/Krauss • Simont

El gran granero rojo/Brown • Bond

Harold y el lápiz color morado/Johnson

La hora de acostarse de Francisca/Hoban • Williams

Josefina y la colcha de retazos/Coerr • Degen

La mariquita malhumorada/Carle

Mis cinco sentidos/Aliki

Pan y mermelada para Francisca/Hoban • Hoban

El señor Conejo y el hermoso regalo/Zolotow • Sendak

Si le das un panecillo a un alce/Numeroff • Bond

Si le das una galletita a un ratón/Numeroff • Bond

El último en tirarse es un miedoso/Kessler

Se venden gorras/Slobodkina

La viejecita que no le tenía miedo a nada/Williams • Lloyd

Esté al tanto de los nuevos libros Harper Arco Iris que publicaremos en el futuro.